臟器外隨

林澄 著

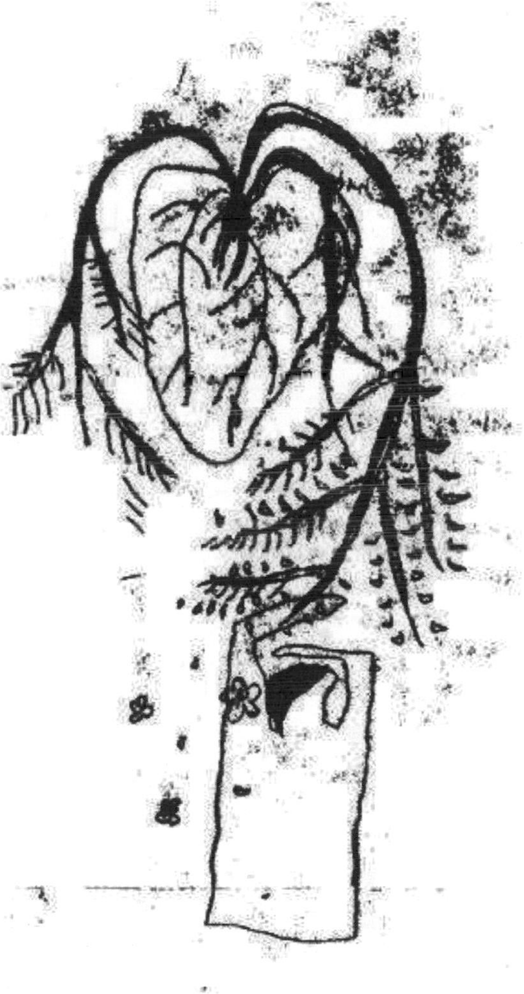

我創作，因為美，世人說我是瘋子。
我創作，因為不美，世人說我是天才。

目錄

輯二・肝

輯三・肺

輯四・胃

素樸的祭歌——《臟器外陋》詩集序

崎雲

林澄在開篇即言：「我創作，因為美，世人說我是瘋子。我創作，因為不美，世人說我是大才。」不羈、浪漫、狂想、肆放，這般的美感是來自於對生命悲劇的直承、挖掘與坦露，也是對既定的刻板印象、社會價值、道德規範的抵抗和反動，是外人看來過於用力的演出，嘉年華式狂歡、酒神的祭典，但對創作者自身而言，則是本色自我的盡力展現。對內在傷口的深刻挖掘，將自身一切分割之後一一呈到讀者的面前，謂：「我所能夠給你的，都在這裡了。」這般獻祭式的自剖，而這般自剖，也為整本詩集的基本風格定了調。

於是乎「美」與「不美」，在此便有「合於常道」與否的意義。世人謂其瘋子，乃因不合常道，然這並不掩去其作品獨特的妖異之光，即使是暴力與變態，亦皆能形塑出獨特的美學；謂其天才，則肯認了其作品在常道中有出人之處。然而美畢竟是直覺而生動的，當林澄宣稱：「我創作。」其所表現出來的是創作主體將個人審美注入到作品裡的過程；而「我創作（過程及其結果）的美與不美」則昭示著作品作為審美客體，此客體包容了我與世人對於美的不同觀點之溝通、阻礙與碰撞；「瘋子」、「天才」等兩個詞彙，則是世人透過作品，反向對創作者的人格、道德、智性乃至是否合乎於某種規範的認定。

按此，林澄的創作，也就有了兩種不同的創作與審美面相。一類是對於美感的極度追求、一任個性的逞思狂想，在肆放的情感之中直抒心臆，作品帶有逸離常道的開創性質；一類則是較合乎於傳統美學之模板，在情感與意象的鋪設安排上懂節制、有餘韻，含蓄而富想像空間，有合於常道的穩重與安全。全書開篇以「我創作……」等兩句為題引，是創作者對自我寫作觀點和審美於內容上的判斷、企圖與追求，同時也是其所欲展現在他人面前，所欲被他人認識的創作姿態。林澄在〈自序〉中說：「每寫完一首詩好像眼睜睜的被人褪去了一件衣物，真實的自我逐漸被剝落下來，當我寫完整本詩集的時候，這才意識到我連臟器都不剩了。」對他來說，寫作是無意識的掏捨，而將作品集結成書，則是將那些曾掏捨過的再度重新整理、排列，組構成一個完整的人的樣子。

完整的樣子，卻也不必然是健康的樣子；完整的人，也不必然就是完整的自己。

詩人在〈自序〉中提出了一個問題：「在失去臟器以後，我們還能成為完整的人嗎？」讀林澄的詩作，能夠感受到彷彿連器官都在為他憤恨、痛苦、愛戀與悲傷，因其柔軟，所以堅韌。「臟器」一詞在其詩集的概念中，如同收藏不同主題之靈感的詩袋，心、肝、肺、胃，不同的臟器對應著自我與社會於互動過程中所激發的不同議題。若我們仔細留意林澄用來形容這些輯次的詞彙，如「扔出去」、「暗自腐黃」、「努力換取」、「消化不良」等，便可發現這些「內在的臟器」在詩人的理解中大抵都具有粗陋、敗壞的特質，按此，詩集名之所謂的「外陋」，便不僅僅指稱著作者願意勇敢地將自我坦裸於讀者之前，更隱隱約約透顯出詩人對於自我的看待——一種不自信——作用在作品之中。

也即是所謂的「陋」，「陋」字表現在林澄的詩歌語言使用上，是簡單、素樸、真純、自然、少雕琢的。

在《臟器外陋》中，林澄的長詩有如情人貼在耳邊，細語自身的愛、痛、懷想與悲哀，青春的心事；短詩則猶如情信上的署名、臨別前的最後一句話語，短，但飽滿想像的空間與情意。我尤欣賞那些不滿五行的短詩以及組詩，如〈等待〉，全詩只有一句：「春困秋乏夏無力，冬日喜歡你」，設計簡單，但力道十足，可見詩人遣句與煉意的功力。此外還值得一提的，仍有〈蛋〉：「我們不熟／卻為彼此褪下／最硬的徵狀」、〈媽媽我知道錯了〉：「做對事的孩子懷著蛀牙／做錯事的孩子沒有糖吃」、〈開口〉：「一對雙眼互相哀悼／左眼：如果明天宇宙將我們弄瞎／右眼：我愛你本來就來不及思考」等詩，都十分精彩、耐讀，有形式上的設計，亦有對內容的琢磨。

在林澄的詩作中，我們常能看到其透過對於外界事物的一再指認、許許多多的「你」之比喻和「我」之變形、對陳俗套語之詞性的翻轉移變、成語詞組的拆解挪換，來反覆確定自身的存在及其所涉對象的模樣與狀態。這樣的寫法有其特色，卻也使我在閱讀這些作品時，不禁想得稍遠一些。雖說詩人透過簡單的修辭達到多層次的審美趣味，乃倚賴著精湛的技術及靈巧的妙思，而林澄也確實為我們展現了年輕創作者難得的捷思與敏慧，然而若詩集中充斥大量且相似的主題與技法、過於倚賴排比類疊及對陳俗套語的拆用，難免會於日後成為寫作的套路與瓶頸，於此點出，乃作為提醒，而非批評。

於我而言，《臟器外陋》像是祭師的法本、獻祭之物的集合，是廢棄醫院滿是福馬林的罐子裡被遺留下來的各色器官在日精月華下仍暗自活動的真切記錄，有其妖異，有其真誠，有其技術，有其靈應，也有其青澀之處待時間去提純與煉補。然而，正因為這是青春去而不復來的記錄，於是更顯得珍貴。林澄於詩集中自述：「失去了臟器以後，我還是得成為一個完整的人，在別人的心上撒野。」於是乎我們知道所謂完不完整其實和擁有臟器與否無關，更多時候反而因為我們有所掏捨，才有可能繼續地、好好地走下去。掏捨並不是一味的犧牲，亦非任性地只欲搏得他者的注意，掏捨是一種完成，是對自我更深層的認識與經驗的內化。

創作如是，生命如是。謹以此文，祝福林澄。

【自序】

在失去了臟器以後，我們還能成為完整的人嗎？

《臟器外陋》不是一本醫生在手術房切割後還能完整被遺留下來的駭世產物，它是被情侶在爭吵時不經意的時候扔出去的心臟；也是在每個不易入睡的夜裡暗自腐黃的肝臟，又可以是在自然界裡努力換氣換取世人信賴的肺臟；它其實也只不過是一本消化不良的習慣而已。

出生之時，我們是裸體不安的嬰兒，用了許多衣物遮掩整個世界對自己的侵略，然而隨著時間漸漸老去，自己已經不是襁褓中的脆弱小兒了，但仍舊是裸著身子想要從外探究些什麼，例如寫詩。每寫完一首詩好像眼睜睜的被人褪去了一件衣物，真實的自我逐漸被剝落下來，當我寫完整本詩集的時候，這時才意識到我連臟器都不剩了。

在失去與復得之間存活下來的每一天都好像是一場驚喜，或者該說是竊喜，與自我相認、與詩相認都是那麼難能可貴的事，從前我常常把生而為人我很抱歉掛在嘴邊，因為不曉得確切活著這件事帶給了我什麼，活著往往讓我逐漸步入地獄，以及驚覺我還擁有羞恥心，它提醒著我來世不要再成為人了，人活著就是在克服自己的惡習，還有渡劫。我想，失去了臟器以後，我還是得成為一個完整的人，在別人的心上撒野。

在此謝謝每個支持我的友人、讀者以及謝謝我的愛人。

輯一・心

如果我有兩顆心臟
我還是會
一顆愛人
一顆失望。

人間不值得

你是囚花
你是繁鳥
你是所有
我不明所以的知難而退

其實我都知道
你是那種
會失速走向火山的人
在火裡愛撫謊言
在火裡失去花季

也在火裡
看穿我的心有罣礙

時光將你打散
繞過所有的善意
你沒有敲門，你來
你經過我
淪為霧的心跳
卻忽視
痛覺的可能

有些苦痛並不適合於你
為了殘活，我願意替你複習

所有生活的惡意
深怕你太快老去
或者在黑暗裡變舊
我想和你開出萬花
耗盡世上的欲望
關上所有的燈
剩下的全是心跳的乍現

我還想和你
側身倒入火海
即使
人間並不值得

我不知道什麼是浪漫

月光搖曳
撞上流螢的光舞
星空向我散開
正如你朝著我走來
我不知道什麼是浪漫
那時，你從旁走過
我沒有應聲
你靜靜的將自己折成
最富裕的春天
放進我餘生裡的疑患

你是一朵漫不經心的茉莉
你的根不屬於土壤
也不屬於沉寂
你得爬上天空
徘徊等待
等一個可以依賴星火的向晚
但你得先擁抱我
才能得以生存
你是我累世的望眼欲穿

我要讓你刻進我的年暮
談論你眼底的淚人
我則會永無止境的幫你擰乾

那些汙濁的寡歡
我不知道什麼是浪漫
我們愛過又忘記
這次，我從旁走過
我不求你給予應聲

我在晴天看見蜃樓
人們說那是美好的無用
無用是需要的美好
我不要你的年華
被我浪費
我要你的傷春悲秋都能
被我浪漫

無心之人只好流汗，有心之人只好流血

我害怕落花
更害怕張揚
我害怕人們遺忘的美德
在清流裡
繾綣的翻騰
我們是城市裡的家畜
不能以沫的魚靈
有愛的
彼此貼近
有病的

撤手遷徙
人們說，我是世界的玩偶
善良總會拿去餵狗
我的愛就像髒話一樣
不能被人輕易提起
神從來不告訴我
什麼是生活的紅色
卻要我逐一寫下
令人紅了眼的生活

我是個教育不當的孩子
我從良，切斷世界的臍帶
在身體上塗鴉

讓青春期有限的作畫
順利開花的人，會走向我
向我無畏的獻身嗎？
我的心很小
一生只能，收割一次
我害怕意識，更害怕長大
我以為只要衣著整齊的踏入泥海
我的愛人才不會
在別人的晴朗裡
重複呻吟

從來沒有一種自由
教會人們收拾雨天

我想，世界還是不允許我
太過善良
如果我有兩顆心臟
我還是會
一顆愛人
一顆失望

下輩子我們不要再嚇雨

我們在鏡子前面防老
變壞或者遺忘
腐敗的眼淚
我會繡在你的電話
所有不誠實的芥蒂
接聽。我的抗議無效
我所知道的愛
並沒有那麼豐盛
我們不會在末日那天
一起變好（老）

你不會發現我在晴天
衣著黑色出門
這裡沒有雨足以讓悲傷繁衍
傘的責怪是你
逢場作戲的餘孤
我還要原諒，你無礙不做的失衡
誠摯的為你獻上
我下限的心臟

其實我的誕生
感應一場雨的離開
要下，請你帶走四季的狂喜
租一棟不會漏水的屋

等你
沒有那麼多的偏執可以落下
我的愛才不會看起來
永久過鹹

我沒有明顯的四季
以及毀壞不了的心
破了洞的若無其事
才故意不讓你看見
天下黃雨
而你下狂語

混沌的年末，看什麼都很傷

混沌的年末
看什麼都很傷
我向烏日妥協
有人則說，放晴適合遠走
路是無法一步
走到海市蜃樓的
我看不見晴朗
正在向我餞別
它總在我的身體裡
開出綁縛的荊棘

阻礙雲匯集而成的悲歌
讓見光死的我
留下累世的眼疾

我站在高處向太陽妥協
蒸發我身體裡
無以名狀的雨季
他們都像是我的孩子
懷著心事
卻沒有名字
我沒有一場傾盆大雨所訴求的悲傷
我只要一碗光明
裝滿愛人的硬幣

它會幫我向世界
義無反顧的反光

混沌的年末
看什麼都很傷
我們得原諒青海
海在山的前方
我不能輕易向前
這是我自私的漫長
我們得原諒冷月
抑鬱是它的本能
人也是畏寒的物種
不可能漠視它的淚光

我們得原諒自己
生活不給你用力的餘地
我們也不會淪為
歲末的餘燼

混沌的年末
一個禮拜有七天要過，度日如年
如果時間回流
與你
那是度日

如果我的一天都不在你的身上

時間在我的眼窩
撞落一對
坍塌的青鳥
你無常的早安
刺痛我
冷顫的痛楚
咖啡苦了，我說
生活還不夠甜
如果我的一天都不在你的身上
我該擁有多豐富的想像

替你閱讀半個月亮
揣測你白日
已讀不回的死亡

一個令人屏息的午後
我們困於時間裡的房間
你的血管薄的像海
而我不再相信呼吸順暢的人
思念就像嗆水
逆游而上的人不斷清醒
順勢而下的人
不斷癱瘓
如果我的一天都不在你的身上

你大可放心
我偷偷埋下的深水炸彈
已經在你想起我的時候
秘密引爆

夜晚是一隻不能留戀的金魚
過了凌晨
我崩塌自己的細胞
削下多餘的不往
查看手機停滯的訊息
是否還停留在不能前進的昨天
明天是不會更好了，我說
如果我的一天都不在你的身上

原諒我沒有更好的詞彙讓你修飾冬天

聚在每位心上人的門前
嘗試打開嗎？
鍵入春暖花開的密碼
（密碼：＊＊＊＊＊＊＊＊＊＊＊）
（密碼字母顯示：你是我冬日等待的一里陽光）
系統顯示：輸入錯誤！
您沒有更好的詞彙，請您重新再試
（密碼：＊＊＊＊＊＊＊＊＊＊＊）
（密碼字母顯示：你是我冬日最殘冷的一眼風花）
系統顯示：輸入錯誤！

您沒有更好的詞彙，請您重新再試
（密碼：＊＊＊＊＊＊＊＊＊）
（密碼：你是我冬日言語不來的瘡疤）
您已超過三次機會，請您春天重來再試

還是關上作罷
我怕這裡的雨季太長
每滴雨嚇得像不能被承諾的謊
你會擔心
我看不清回家的方向

總有一天，我還是會來
帶著一本

只有你能讀懂的字典
請你幫我翻譯春天

喜歡不是一件很廉價的事，只是連鎖而已

我想為你打開一扇窗
時間必定是個好聽的賊
它將你的聲音
帶離月光的慫恿
撞擊我的頻率，千分之一
我們成了
被默劇傷害的啞巴
無語，風在我們的中央賽跑
風喜歡逞強的孩子
不怕跌倒

只怕有心

我想為你說段故事
生活才是偽善的強盜
它搶走你的眼睛
剩下盲文
裝在我的身上
愛卻不讓我有身體悲傷
可你喜歡過連我都不喜歡的自己
下輩子無能倖免

水晶體裡有你的倒影
我想告訴你一切

愛是用沙啞的嗓音唱著不成調的曲子
在廚房裡煎一顆太陽給你
你喜歡
就扔出窗外
讓我用破碎的身體來掃蕩
時間的罪業
我是風的啞巴，我不太會說話
我只有搶來的心
無法不放在你的身上

麥迪遜之橋

——麥迪遜之橋電影觀後感

你送給我的花束
有毒
毒懂少女的心不是畏縮的白蛾
田野間的你滿身花火
朝我走來
不在意我們的愛是否游牧
你說，確切的愛只有一次

有一些愛我不太會說

我帶著明天向你走去
你害怕嗎？
給不了你一個衣櫃
讓你一見鍾情
給不了你一台卡車
讓你畏懼流浪
給不了你一個無所謂的明白
讓你登峰造極

我在這個時代不斷撲空
堅貞帶離了我信守的花朵
止步在此
你是我畢生引人耳目的緣由

一生一次的愛
不用永久
不用撲火

等待

春困秋乏夏無力，冬日喜歡你

愛的演化論

你總是過問我
是先有雞，還是先有蛋
這一切並不重要
因為是我，先喜歡你

蛋

我們不熟
卻為彼此褪下
最硬的徽狀

死灰復燃
——新橋戀人電影觀後感

愛不過
一根無名指的距離
你從我身上
把風行駛的血刮下
說天空是白的
要帶更好的酒來
我們的靈魂才會黏著在湖底
顛倒整座巴黎的心臟

生活困惑橋上的我們
橋老得無法動彈
風成了你的雙眼，雙眼裡沒有畫框
你試著槍擊我們墮落的文明
子彈在夢中穿越你的貓
顛簸，引領天空灰的很傷
我把夢境帶到現實
橋上的彈孔是你
失明以前，我的導盲
愛卻不讓我有機會
膽顫心傷

我斜著城市看你

說天空是白的
雲卻灰的
再也沒有家

心

神可以三心二意
人的一生
卻不能
一心一意

陪伴不是沒有溫度的血

給空氣一壺
恣意妄為的水
會燙
你的眼睛是我用歲月熬煮不來的沸點

造人之前不能告訴他，你的姓氏

一、

夜晚是個不忠貞的強盜
它從來不過問別人
想要與被要的差別
王子也只是意外
撿到那隻
情婦落在森林裡的鞋

二、

午夜，不能被提及的迂迴

嘗試換了幾個動作
讓愛誕生於我們的中央
肩頭上的痕跡卻是我的難言之癮
每場歡愉都太像是漂鳥
有人做夢
有人就會醒

三、
黑洞正在互相吸引
這次
我們走險
不走心臟

四、

我們在傍晚產下故事
黎明前飛到抵達不了的欄框
我們的愛才不能擁有它
自己的姓氏

你相信明天，我相信永遠

皮裡的皺褶
提醒時間
是一頭無悔的小獸
你用夜晚構築我
自由的巢
（睡前不會有人因此死去
即使你的遺願不會像蒙馬特一樣的長）
我們習慣偷渡
不去聽寫，沒有記錄
甚至任性的停擺

我們與浪之間潮落的愛
你離開年輕，將年輕離開你
這樣真的好嗎？
在我避開所有的問答

而你是靜物
你是永遠

相愛後雨季感傷

捏著鼻樑，下水
用雲的方式呼吸
用灰的方法逆流
我上不來，治水的人不在
聽說相愛後雨季感傷
雨季突然下到這裡
我的眼裡駐紮不了乾旱
落水的人無法如期破窗
悲悽的城市，一如往常

我在適時的壓縮喉間
等雨停，等你來
等我開口讓你在雨裡比賽
先下雨的人
會輸
（我們都曉得我是淚腺狹隘的人）
一個無奇的傍晚會不會因為我的眼淚而肥沃起來

聽說相愛後雨季感傷
我們會不會在萬晴之後
兩眼相望

輯二·肝

我只是想要得到糖果的包裝紙，
讓我成為世界，最容易讓人上癮的部分。

有事

溫泉怕燙
沒事，一下子適應
愛人怕傷
沒事，一輩子適應

我們與惡沒有距離

一、
一日將盡
你帶著濕透的語言來看我
「今天都還好嗎？」
城市裡的瘟疫
擴散成焦躁外的文明
我沒有病
生活早已蒙上一層灰影

二、

「還好。」
謊言縫合我的皮膚
我們不再說話
人們抱怨我的不常
活著只是
為了測謊

三、
我不是產物
我是剩下的餘數
我們與惡，沒有距離
「下禮拜再來看你，好嗎？」

四、

藍色不是海，它是煉獄

五、

「為什麼是我？」

「因為你很勇敢，活得像人。」

害怕在下雨的時候收到你的信息

六月，你把骨頭和糖漿留給我
說剩下一半拿去造雨
剩下一半拿去
寂寞
我在沉默裡渡你青春的河
偶然撞見雨季
你沒有告訴我雨停時該說些什麼
「請或是謝謝」
我不停的想喊住你
彈指，只看見我的老去

我把我們的過去
縫在月亮的暗處
知道你每日睡前都會看到
看我慈悲
（我已經瞎了）
看我寄生
（我感覺不到迷路）
看我小鹿般的雙眼
匆徨而逃
你卻像是夜裡的謎底
我看不清
我只是逃離不了暴雨的子民

你沒有告訴我晴朗時該說些什麼
下雨的時候我總是聽到你說了很多的
「對不起」

一的廉價

——致梵谷，沒有人在乎梵谷的耳朵，
那是他最後送人的禮物

甜蜜的野獸啃食了我的床鋪
害怕在森林裡立足
安土
忘了天使的羽翅
早已落下陷阱
誘惑是共犯的信仰
因為愛所以無能
我不能擁有信仰

人們瞧著我的都市醜態
縱容我不合群的隱居
我取走一些燥熱的肺和紫色的眼睛
帶著凌亂和我的雙耳逃跑
他們潮濕般的脆弱
折損氧氣
這些都是過於廉價的證明
我聽不清楚天使的聲音
他好像朝著我說
廉價的往往不會是肉身
是一顆
若有似無的心

我毀壞了雙耳
抗拒世界末端的雜音
那裡有你
曾經想說的話
可是我
只能選一

媽媽我知道錯了

做對事的孩子懷著蛀牙
做錯事的孩子沒有糖吃

無心散步

沒有光的日子
我們裹著雨衣終日遠遊
你說歲末將近，不要盲目的走

我看見惡行落在街頭
偷花的小賊賣了善良
給無心的老翁
我也看見善行藏在巷口
無家可歸的男人
賣了承諾

給有心的妓女
思想真短故事太長
世界阻擋我們結成句號
還要不要走得更遠，我說
人的身體壅塞壯烈
塞的下臟器以上的罪惡
卻沒有像樣的神
為我朗誦一首會開花的詩
有愛者，並會溶化自己的島
改穿皺褶的床單出門
真理不是需要被打開的大門
世界原來也是需要休息的嗎？我說

可惜我們向彼此走了太久的路
終日無眠
你是我昨日鍛鍊已久的夢魇

你是無從知道的夢境

昨日林野夢得香甜
亂獸循著血液裡的執著
鼾而入睡
人們卻對生活妥協
因愛無能，也再也不能
我們戀舊戀得
毫無防備
造勢讓這秋天明白
你是無從知道的夢境
想要你抱我

就像擁抱火焰
做些盛夏迂迴的眼淚
把最疼的那塊焦皮
放回崖邊，祈禱
我們都不要
闔眼

上妝

——致被霸凌的孩子們

「善良永遠面色帶笑。」
人們沒有給予你完美劇本
在子宮裡磨煉
爛漫的迂迴
宇宙是個無心的產婦
永恆的快手，撞擊夜裡的苟且
你初次破啼大哭
風雲沒有變色
銀河正在向你道別

那時
我知道宇宙即將發生難過的事情

人們不會明白你的倦容
累積了多少來生
小丑是你的姓氏
你卻沒有一個名字
足以讓夜晚
關上所有的燈

小丑，你的一生馬戲團所有
你不是巨人，散沙是你的肩膀
你需要畫容，覆蓋霸凌的結痂

人們譏笑不停朝你扔雞蛋
蛋液在你臉上暈笑散開
你說沒事
他們都會被煎成原諒的模樣
搖搖晃晃的繩索是你餘生
乞求而來的暖巢
「我很快樂，人們在等待我的一躍而下。」
小丑成了。被眼神殺害的啞者
你有一顆金子
但你沒有金子般的心臟
嘴裡有苦，你的眼裡有蜂蜜
孩子們喜歡你甜過萬物
這次的喜劇——合格

銀河會送你回到溫暖的母床

小丑，你不必絕望
戲謔的人生掀起來
皆是瘋狂
我在宇宙的卵巢重新孕育
一個上流的回答
等你卸妝

憂鬱販賣機

——致活在地獄裡的人們

可以和我說聲加油嗎？
（最好是不要）
太過黏膩的難堪是身之所往
這裡已經沒有更好的理想國
供憂鬱差遣
人們只擔心空泛的社會議題
誰的孩子死了
誰的孤傲也去了
半夜賞月的人

才是最岌岌可危

夢裡不會甦醒的絕種生物

可以和我說些動人的話語嗎？
（溫柔地說）
把奶油塗抹在春天的樹梢
我會看著螞蟻，爬滿你的雙手
在愛與不愛之間
歷經遷徙
我會將春天打包裝進行李
再一併忘了
心之所向

不要再跟我提起一切都會沒事的，好嗎？
我的思緒不是落葉
秋天到了就等心熄滅

可以陪伴著我但什麼都不必說嗎？
我只是想要得到糖果的包裝紙
讓我成為世界
最容易讓人上癮的部分

開口

一對雙眼互相哀悼
左眼：如果明天宇宙將我們弄瞎
右眼：我愛你本來就來不及思考

魚

不想成為務實的人
青菜一把多少
不在理解的彭湃裡面
想知道的是
葬在泥土裡的屬於
屬於沒有你的鮮明
還有那些明天抵達不了的事
不能讓你發覺
謊言底下暗藏的離開
過期的毒藥會更毒嗎？

還是我忍耐
從此被你荼毒

用了多輕浮的靈魂
來換取我的偽善
買碗爆米花
欣賞你獨有的偶像劇情節
怎麼散場後
沒人清空我緊緊不放的
空洞

原來我們都必須
採拾長不大的果實

好想成為姜太公
灑下過剩的餘暉
才明白
不是每個人都能
願者上鉤

在我的墳前吃一顆會微笑的糖

——致苟延殘喘的人們

如果我死了比方說今天
坐上一班沒有連結的心房
敲擊窗內無法逃離的鬱期
時間吞噬我的耳朵
人們不再為生
感激的泛紅
F，誰讓你的悲傷那樣壯麗
前往告別的人全場啞然
有人說，聲音是糾結的心魔

而不是該被敲響的鐘

麻煩您，桌上看到的都可以取走
被當作永恆的笑話、不及格的創傷
還有最值錢的皮囊
那都是我生前無法親吻的嫁妝
生來孤獨
別用文字重蹈了我
微光衰滅的火焰
我不可燃
你們的可憐
如果我死了

在我的墳前吃一顆會微笑的糖
消耗我
不要消耗熱量

再會空氣

春天，最長遠的訣別
汙濁海鷗的眼神
有人目光執著於海岸
像是塵土飛揚的無人行李
永別逃亡
我們不再交談
回音觸控暗礁
寂寞的顏面
再等上幾天
空氣仍然會充滿你的一切

有人獲得難溶的夢
陽光下難堪的場面
好像拆除羽毛的麻雀
我們不再交談
或者泛淚
在你學會愛人以前
記得將它全數忘掉
冬天才會是
我最赤裸的想念

你是圓，我是方塊海綿

——重慶森林電影觀後感

必要的犧牲填滿了你
我仍然擔心
身體
過剩的缺口刻在時間上
無法擴成
你喜愛的形狀
你是圓
我吸收不良的需要

火星文

魚忘了腮的歷史
鳥忘了翅膀的輪廓
是的貝蒂，我也忘了我們曾經
如此靠近火星
在不需要文明的時候
彼此需要

輯三・肺

靈魂也只有23公克，
心只有一顆，
我溺不死，
也爬不起來。

大象席地而坐

烏鴉親吻你的結痂
以為會好
真的會好嗎？
好的只有門前
咬著良心的喪犬
牠偷走昨晚我在廚房
自刎的刀
我沒有死，活著是一文不值的健康
為了殘活我選擇說謊
謊言比受潮的煤炭還要

空泛的難堪

你們不要笑我
笑我是一頭沒有用的大象
我沒有餘地面對明天
明天是恐懼堆疊的漏網
我只能坐在這等天雨
無所事事的時候，我練習悲傷
那是我不想
讓人們看見的模樣
我只是一頭大象
世界在我心上撒野
撒泡有毒氾濫的尿

我還得原諒
原諒我的鼻子很長

世界是一片荒原
活著的人不住裡面
別處開出萬花，那不是我們應該
去的地方
我們必須噁心
到死
再無處可去

彼岸花

你在彼岸施捨我花
卻漠視
我無法輪迴的惡華
茫然看花的你
兀自繁殖新的枝枒
將我看得一斷就傷

遺照

我走進你的明室
你成為我的暗房

逃亡綠洲

一碗過期的牛奶
結束，尷尬的早晨
我嘗試在夢裡游泳
卻一頭栽進，無妄的醉鄉
牛奶倒了
綠洲裡什麼也沒有
綠洲裡什麼也都有

有人撿起屍塊扔進
縱容的海

總是會有回音的，會有……
海的語言卻是
森羅萬象的悲傷
我聽見彼岸的編碼
人是不會有愛的，但海有
我撿起綠洲裡的貝殼
放在左耳
你要走了嗎？貝殼說
我們痛過
又忘記

有人依舊無眠的張望
城市裡的廢氣

我站在房間
觸碰夢境不可能真實的和熙
闔上雙眼
準備無償的飛行

我多想逃離綠洲
被迫踩在底層階級的我
忘記自己其實
只是個再普通不過的人
靈魂也只有23公克
心只有一顆
我溺不死
也爬不起來

辦法都是人想出來的

渣男：已讀不回這種事，我們沒有辦法。

老師：你的孩子不來來學校上課，我們也沒有辦法。

立委：再給我們一點時間，辦法將會是辦法。

勵志作家：人生總有辦法的。

愛人：我們再也沒有辦法了。

幾生一世

沒有人曉得
這輩子你活了兩次
只為了愛人一世

荒野之狼

愛是不能被冬日休憩的迂迴
我顫慄在碎冰
掌心向上
想要握緊荒原上的枯雪
它在我寫信給大地的時候
凍傷我的指節，提醒我
秋日是必須忍耐的隱式痛覺
沒有一場雪會下的
提早完美

我撞開歪斜的木門
空無是你
帶來門前的十二月
我臥在空無人煙
頭顱向上
承接你眼裡的一場大雪
直到棉被裹緊我
野性的罪業
愛是不能同時放逐一匹狼的改變

雪是永不停止的闊別
你是乾柴
而我不會是你
指日可待的烈火

我所知道的愛並沒有那麼豐盛
——致認為只要喝水一切就會沒事的男生

日子是沾濕了也不留痕跡的翅
我擁有的光陰
多不過肺裡愛做夢的魚
想度過一個作惡多端的下午
寫首詩給你
當作最壞的小事
總裁小說把我們都剪壞了
害你那麼相信命運

找個良辰，共處
你所明白的那些癡愛
過於豐沛的
我們暫時不要動盪地球
謊言會成為找碴的守護神
那些烙印
將來親吻
會找不到主人

我所知道的愛
並沒有那麼豐盛
累了，就吃藥
像熱水都會好

陽光少年躁鬱症

自從你豢養森林
不被承認的那一刻起
你開始忘了，怎麼點火
你以為用肋骨圈住天氣
不是困難的事情
你讓撒旦臨走前擁抱末日
打散最後一場雨
愛你的人才會願意
為你折了，彼此的傘架

人們並不知道你
把石頭當成心臟
如果有人
願意為了你逃跑
你就在心上，開一道窗
迷路的人才會知道
想念是唯一
不會熄滅的方向

你總是把無謂的醉當成練習
感到悔意的時候
吞幾顆即將逝去的月亮
或者坐上一班沒有名字的列車

我才會知道
哪裡是我該種下希望的地方
如果長大是傳染病
夢醒之後
你可要記得回家

王子變形記

我是一個軟弱的存在
曾經馴養海洋
攔截末日
那是遇見你之前的事
後來
渾然不覺的化為青蛙
都是因為
你太費心看我

缸

戲謔那些看似而輕的石
滿與不滿都是
無法拒絕之必要

信箱被你退回的信，滿了
電影院的座位，滿了
你空了一陣子的配偶欄，滿了
水面仍然殘留應有的闊達
等著哪天不再一無所有的
讓石頭笑著跨界

不瞞你說
溢出的不會是我
是我長久以來
承載與你有關的
不滿

你離開時我的城市總是落雨

我也有許多舊事，並沒有向你告知
很好，房間很好
空氣與陽光都很好
看似晴朗的日子
總是在你安睡以後
如此潮濕

嚥不完的早餐

愛是一個不會變好的早晨
水槽沒有呼應太多
排泄的喜歡
它總是漏接
漏接太陽為我打量好的每道裂縫
流失昨晚做了太多的不歡
人類習慣將廚餘以及
悚然的心事倒進碗盤
消耗順利的廚餘
坐立難安

它不會成為餐桌上
難以啟齒的早安
我看著心事比心事看著我還要難堪
愛人在三秒後即將起立
我不要她
顫慄我前世早已準備好的早餐

殘星

我的一生穿梭於
你的可能
我從你的肌理取出你
冗長的一生
流年於你不捨的晶體
而你是宇宙裡的萬華
我卻成不了星星

輯四・胃

愛不會消費我，
而我成了別人。

心事

愛人問我，過的好嗎
日子是不
錯了
我落在時代的尾端——滑翔
逃開綠洲的禁錮以及
城市裡那群失常的猴子
從前，猴子只需被香蕉填滿
當躁狂、憂鬱、失眠造臨世界
他們只好拿著貪婪
填滿香蕉的過去

解藥是有的，代價從心開始
我從沒見著醫生開的處方箋
只看見醫生
重複印著
染紅的鈔票
不斷往人們的胃塞進成癮後的猖狂

愛人，日子是不
正了
你叫我怎麼甘心，成為時代的瑕疵
不走在時代的前頭
可我每天依然聽見
地下社會的撞擊，乞求誠實

願每隻擱淺的魚
都能緊閉在喉嚨深處
成為電台會循環播放的歌曲
而不是人們心頭
逐漸成長的刺
這些我沒有向你提起的事
成了，我的心事

我想你是不會知道了，愛人
心事這種麻煩
你摀著嘴，它還是會
從你的胃裡傾瀉
一去不回來

出局

秋天，你正經歷換殼的尷尬
沒人告訴你
要預防天氣
還要預防
寂寞的絕種

口無遮攔朝城市走去

每當句子，滑出乾渴的口
趴在陽台上擱淺的伏流
疼得艷麗，卻毫無異狀
事先也許吞下上等的藥
沒人在意，胃袋又消化了那些
未經打鐵後的謊言

我是這樣的人
日出為非作歹
刻畫形狀

人們看見我便深刻印象
認清斑斕的雙手
是否還能拾起
地獄底層的花朵
陽光散了一地，踏得愧疚
愧疚的像漫無日的的蚯蚓
疼得艷麗，卻毫無異狀
緊張嗎？趕不上末班車的蝗蟲們
我已無所畏懼
撕裂名為社會的皮囊

消費使用說明書

人們消費我
我成了詩人
父母消費我
我成了謠言
政治消費我
我成了浮萍
良知消費我

我成了蒼蠅
傷痛消費我
我成了結痂
愛不會消費我
而我成了別人

生產前請詳閱說明書

青苔睡了時間
時間產下了歷史
歷史睡了馬克思
馬克思產下了世界
世界睡了孤兒
孤兒產下了愛
愛睡了我

但我沒有必要為了誰
產下什麼
我早已難產一首完美的情詩

星期一適合告別

洶湧。她是這麼說的
星期一適合告別
永恆的平庸
離開一座城以及目光有神的人
世界是一片荒原的產物
我們的城市好像一心向死
天空掉下週末的禮物
綑死了街上的人
他們滑著手機裡的星星思考
是不是都能和別人分享

你正在讀的這首詩

星期一不適合戒斷苦痛
星期一適合告別
你手裡有些春日的罌粟
你說為了種花，你得繼續做夢
在別人的草原親吻烙印並且離去
花朵渴求的長生
是我靈魂每日悲泣的哀鳴
我的哀悼抵達不了絕望的回音
你不要笑我，不要按讚我的訊息
我吞下許多善意的膠囊
卻沒有張望你的離去

天空掉下週末的禮物
星期一，我沒有注意到街上有人
此刻我正在向你告別
你總是那麼容易的被遺忘
像你現在讀的這首詩

犧牲

天空吞下甜蜜的毒藥
為了不讓雲太沉重
只有愛
無盡的下垂

花與浪

——社會案件有九十九起因愛而生，只有一起是與性有關

你不要跟我談
花，會開的方向
你要讓我自行前來
放流匿藏許久的蛹
直到等值的傷心被世人完全允諾
日夜無情新聞放送
我們揹著彼此走私而來的殼
竊喜
你終於正視自己，喜歡變態

過剩的糖以及香料
讓他懷疑誕生的細縫是否產生了錯
社會告訴他染體表現的符號
老師教導他保護性器的必要
沒有人流著與他相同的蜜
只是不斷嘲笑

散射的出口逼急了光耀
他順利的存活，賭在這刻
上輩子他只是隻小蟻
渾沌的時代
你憑什麼阻擋他
身為蝶

最後一次的脫胎？
這是我們的時代
時代不會產下空白

落跑

世上有太多花
爭先恐後，變成了鳥
這可能是一種隱喻

害怕結果的人
太多

哀悼渣男手冊

終於不再談論被幹與
幹的差別
早晨醒來，你私處的那塊黏膜
依舊死在別人身上，反覆摩擦——
生育之後不祥殆盡
（他說，這是通往心的唯一方向）
你不要抗拒這是親吻普遍的日常
重複撕裂彼此以後
還可以繼續
遊戲人生

做人，有些事想必你一定聽說
你們的愛像是被喉間哽住的髒話
你也不必偽裝成不動聲色的死魚
等人允諾拔出卜好的賤
（我愛你是真的，插入後才可以算是）
他有時也會在深夜倒數
握緊疲憊的發條
盼著明日起來有人能轉動他的世界
不會讓人輕易鬆脫
他避諱的真諦以及無用的生殖能力

春天已經走遠
不管是誰先叫出聲的

也都無謂
想要的時候，閉緊雙眼
自然有人會將你帶走
帶不走的
我們不談明天

跳河

沉默是河
寂寞的人喜歡跳河
神說，擱淺的人都有福了
他們必須踩過自己的屍體
才能捨得

神卻沒有想過
寂寞的河卻容不下
這麼多，失語的人

在我們的濕地上撒泡中毒的尿

——記國光石化案件，白海豚絕種之事

世界的罪人——俘擄
文明的海洋
在我們的濕地上灑泡
有毒的尿
填入私慾的擴張，造出染指的猛獸
躲在水裡的我們不吭也不喜
卻早已聽不見
遠方媽媽呼喊的聲音
（心底總有些上了密碼的噪音，那是怪手獨有的悲歌）

能阻斷我們的
究竟是物種之於物種的悲悽
還是人類戒不掉
也用不完的私心
媽媽說不要怕
我們是粉色的可憐
學會轉彎
才能延續海島的奇蹟

他們要我忘記潮汐的夢
穿過狹窄的眼淚悠游
坎是過不去的結痂
無法回收弟妹對家應有的形狀

沒事的，一切都會沒事
養成習慣石化工廠也會是我們的家
媽祖會保祐我們對海洋的想像

漁夫說沒有了我們海裡會失去秩序
失去依存、失去關係
魚與魚總是讓
人與人也總是退
不可避免的都是罪
我想，罪人也放棄了抵禦諾大的善行
把家都還給了我們

下一次

我們不會再四處擱淺
擱淺的會是
整個國家

眼淚並不會弄髒你的世界

他說漂白水，很髒
不斷清理人心的緣故
像那天清晨
她的愛也被弄髒了
他選了件洗好的襯衫
踏進泥坑
他不知道什麼是乾淨
只好一起同流合污
每當洗衣機亮起紅燈
他躲進海裡哭

理性與感性

理性說艱難，轉眼感性化身苦難
理性說陽光難以判斷，感性早已沒入人海
理性說將慾望抬舉，感性不過無妄之災
理性說善，感性說散就散
理性說懲罰，感性謝絕來日方長
理性說美好，感性讓最後一滴淚坍方
理性說絕望，感性撲滅捆綁之物
一字排開
理性說明白緘默，感性重複洗刷著昨夜的自傷
理性說裸露，感性縱容最美的火吻

眾目睽睽
理性說我愛你，感性說這樣道別也好

我已經明白緘默的美好
如此艱難
在絕望時將慾望抬舉
懲罰我的過善
理性，陽光好的難以判斷
你說的太多
淹沒我裸露的愛

道歉需要玫瑰花

道歉要使用什麼語句
一整座海，好嗎？
海的文法是密語的結痂
其實你不知道
失約的人總會從惡夢中
被電擊促醒
又因海浪沖過無力的純粹
繼續沉睡
把你的眼淚攤平

吹成縷煙
原諒會不會速長成一隻
斷尾的鯨魚
我想起你，讀詩的模樣
想起你首次因為讀懂一個人
讓心臟遺漏在窗台的模樣
可是你並不想
在我的心室裡
隱沒的泯滅
一起被突如其來的刺填滿
暗自被花傷害
淋著血
快樂得不能不舞

利刃在今晚復刻你的愁緒
有些難以啟齒的花
化為魔鬼
斷在我的喉嚨裡頭
我一點都不敢碰
你也不需要知道這麼多

道歉需要玫瑰花
在花季開始以前
等我回家

末日狂花

我們不再交談，關於風的過往
也不再夢見
並肩行走時的炙熱
夢裡的鹿，早已走失
你渴求的現在
軟化成荒花的離散
左耳落雨，右眼會受怕
悲傷變成一種不可回逆的選項
而你傾斜

學習遞減萬物
遞減偽善賜來的悲壯
我已經焚燬在四目交接時
定格了我們的車禍
是的，我們的靈魂純屬虛構
你緊緊握住我的失神
徒勞。我說
縱使這巨大的沉默已經孤獨太久
我們不也是徒步穿越心中的鬼
才來到這裡的嗎？

有顆隕石
教會我哭泣

曾經以為
撞斷彼此的溫室
黑洞將會失去停滯的善意
末日是不會來的。我說
我們因此
錯失了一整個花季

國家圖書館出版品預行編目（CIP）資料

臟器外陋 / 林澄著 . -- 初版 . --
新北市 : 斑馬線 , 2020.10
面；　公分

ISBN 978-986-99210-2-2（平裝）

863.51　　　　109015673

臟器外陋

作　　者：林　澄
總 編 輯：施榮華
封面插圖：馬尼尼為
封面設計：吳箴言
封面題字：林　澄

發 行 人：張仰賢
社　　長：許　赫
出 版 者：斑馬線文庫有限公司
法律顧問：林仟雯律師

斑馬線文庫
通訊地址：235 新北市中和區景平路 101 號 2 樓
連絡電話：0922542983

製版印刷：龍虎電腦排版股份有限公司
出版日期：2020 年 11 月 初版
　　　　　2021 年 1 月 再刷
ISBN：978-986-99210-2-2
定　　價：250 元